즐거운 미팅

즐거운 미팅

북갤러리 시선 006

즐거운 미팅

초판 1쇄 인쇄일 _ 2010년 11월 12일
초판 1쇄 발행일 _ 2010년 11월 18일

지은이 _ 김수연
펴낸이 _ 최길주

펴낸곳 _ 도서출판 BG북갤러리
등록일자 _ 2003년 11월 5일(제318-2003-00130호)
주소 _ 서울시 영등포구 여의도동 14-5 아크로폴리스 406호
전화 _ 02)761-7005(代) ㅣ 팩스 _ 02)761-7995
홈페이지 _ http://www.bookgallery.co.kr
E-mail _ cgjpower@yahoo.co.kr

ⓒ 김수연, 2010

값 6,500원

* 저자와 협의에 의해 인지는 생략합니다.
* 잘못된 책은 바꾸어 드립니다.

ISBN 978-89-6495-006-7 03810

북갤러리 시선 006

즐거운 미팅

김수연

BG 북갤러리

시인의 말

이 시집을 가난한 사람들에게 바친다.
지금,
아파트 전세금을 못내는 사람들에게도 바친다.
바라보며 먼 거리에 둘러 앉아 소주를 들이키는 포장마차에게도 바친다.
문득 그리운 나의 고향에게도 바친다.
고향,
돌아가는 길은 쓸쓸하고 아름답다.
이 가난한 시집은 누구에게 안길 것인가.
얼굴은 저녁 강보다 더 쓸쓸한데.

2010년 10월
김수연

즐거운 미팅

차례

제2부 산사 꽃눈

제4부 에세이, 일 혹은 詩

제1부

즐거운 미팅

옥수수

아내가 문득 옥수수 하나를 꺼내준다
턱밑에 턱 들이대고선 "식어도 맛있더라"
냄새가 찡하게 코끝을 후벼 판다

냉장고에서 갓 나온 옥수수
한 입 뜯으니 바람 빠진 풍선처럼
질서가 없다
고요가 깨진다

무릇 제자리에 귀 기울여야
공존의 의미를 갖는다
씨줄과 날줄처럼 팽팽하게 엮어가야 한다
원은 평화롭다

어느 저녁

크레파스 뭉치가 가을 속으로 걸어가고 있다
가을은 사각의 정원을 마련해 놓고
살며시 여인처럼 눕는다
머리맡 햇살을 따라 꽃병이 놓이고
꽃병은 청동빛
아내의 소반 위에 앉아 있다
아직 귀퉁이 뽀오얀
마른행주 냄새가 난다

영어 학원 간 아들놈 눈빛
접시 속에 고이고 쭈글쭈글 어머니 이빨
꽃병 아래 보인다
올 한해 올 한해만 잘되믄…
상환장이 펄럭이고
이제 매장 맡았다는 여동생, 콩나물국도 보인다

화분 속 나비들 날개를 꿈틀이고
소반 위에도 창문 위에도 의자 옆에도

남한강이 흐른다
이층으로 오르는 섬세한 계단 저 · 쪽
오래도록 바라보는 저녁
하우스 전등불빛 환하다

고무장갑, 저 우울

밀착된 내 손이 없다
아내는 자주 손을 잃었을 것이다

붉은 껍질에 휩싸여 눈을 잃은 손
찬물에 대어도 차갑지 않는
굽이돌아 새벽을 맞는 불멸의 손
내 기억을 찾으러 자주 손등을 쓸었을 것이다
전혀 낯선 별들이 내려와 앉는
우물 속 첨벙 빠진 얼굴들

퐁퐁은 알맞게 부서져 양재기를 유영하고
그릇들 하얀 옷을 입는다
뚝뚝 떨어져 나간 아내의 지문이 보인다
엄지에 돋아난 습진 새로운 아침처럼
요술같이 날개 펴는 꽃 한아름 지었을 손

새들 가끔 깃을 꽂는 싱크대 도마 위
화석 된 월경들을 자근자근 썰어두고

지금 아내는 기억을 찾는 중이다
검은 웅덩이 수채 속 오래도록 바라보는

천 원짜리 붉은 손

그대

농약을 사러 오는 그대의 얼굴이 붉다. 붉어서 까
맣다. 익어버린 낮달 같다. 언제 한번 하얀 와이셔츠
나비처럼 입고 내가 키운 돼지 스테이크 나이프로 폼
나게 자르며 하얀 조명등 아래 멋들어지게 앉아 있
나. 창밖에는 쓸쓸한 사람들이 행복하게 오고가는 낯
선 이국의 풍경을 본다. 얼마만큼 삽을 퍼야 얼마만
큼 무릎이 곪아야 얼마만큼 허리가 닳아야 세상이 오
나, 빛처럼 환해지나. 그대 장화가 장군처럼 당당해
지나

수박을 먹으며

절박하게 고추가 익는다
태양 아래 젖은 속옷 풀어헤쳐
마알간 살빛 거침없이 타고 있다
익어 간다는 건
절박한 그리움 보듬어 여물고 있다는 것
훠이훠이 새떼 내몰듯
농약 장대 끝으로 분수처럼
날아가는 절박한 눈들

구릿빛 물든 형수의 얼굴
대상포진에 허우적대는 사방팔방
아버지
왼쪽 무릎 질질 끌고 가는
어머니의 여름
무럭무럭 절박하게 익고 있는 조카들
마구 터져 나오는 씨앗들을 바라보는

오후 한때

즐거운 미팅

상을 차리는 손길이 분주하다
전 굽는 냄새 푸른 고등어 굽는 바다
산나물들 봄을 불러 모은다
은빛 수저 동쪽으로 긴 메시지를 넣는다
기억의 끝을 음미하며 하얀 촉수 더듬이며
투명 징검다리 건너올 당신
초에 불을 드린다

당신이 앉은 자리 향기로 가득 고여
큰 손주, 작은 손주, 막내딸 코끝 신경줄 누빈다
기일을 기다려온 장모는 설레는 낯빛 역력하다
평생을 살다 떠나시면 꼭 찾아오는 미팅
단 한번 천상의 밀어를 귀띔하는 시간
밤마다 식은땀 쏟아내며 접신 버튼 매만지던 아내의
다정한 눈빛 슬며시 애처로운 자정

살아라. 솟아라. 버려라
꽃잎 버무려 구름 피워 훨훨

말씀이 온다
장모여, 버선을 벗지 마오
아내여, 아내 속으로 들어오는 장인이여

고개 숙여 큰절 드리우면 쌀밥처럼 환해오는 여인
네들
즐거운 미팅

영정사진 앞에서

사진을 본다
당신은 어떤 아이로 자라왔으며
어느 군대를 마치고 어느 학교를 졸업하고
어느 여자와 결혼하여 행복하였는지
걸어온 생애는 만족하였는지

흰 두건 두른 절하는 젊은이들
필시 모두 자손들인지
다 잘 크고 밥 잘 먹고 있는지
큰절 두 번 하고 일어나서 사진을 본다

무럭무럭 향 끝이 탄다
흰 꽃다발 두른 당신의 영정에
무슨 의미로 꽃들도 서 있는가

소주잔이 오가고 젓가락이 분주하다
사람은 없는데 남은 사람이 더 많다
저 많은 신발들도 목숨이 있는가

다하고 남긴 발자국은 흔적을 남기는가
걸어온 길들도 자국이 있는가

영정으로 선 당신 흔적을 따라가면
당신은 자꾸 오지 말라 합니다

콩나물

밥상에 콩나물 한 접시
낮고 습한 곳
유년의 길을 걸어 나와
한 생애를 마감하고 있다
나를
가져가시오
내 몸뚱이를
가져가시오
육신 전체 훤하게 드러내는 일
흰 살갗 거침없이
밥상 위에 펼쳐놓고

어머니가 가고 있다

난로

이 뜨거운 입김들이 누군가의 가슴마다에
불씨로 달려가 꽃 피어났으면 좋겠다
낮고 작은 것들이 자라서 높고 큰 가지가 되듯이
강물처럼 흘러갔으면 좋겠다
하루 종일 배회하다 누군가의 창문에 스며들어가
등 뒤가 따스해졌으면 좋겠다
언 손을 비비고 문을 여는
가장의 손등이 따스해졌으면 좋겠다
일당을 쥐고 걸어가는 버스의 뒷모습
살짝 얹혀 가서
넉넉한 정거장이 되었으면 좋겠다
잉크를 갈아주는 아내의 눈에도 또렷이 박혀
맑은 눈물 글썽이면 좋겠다
담기지 못한 것들에게
가득한 상자가 되었으면 좋겠다
데굴데굴 마구 굴렀으면 좋겠다
펄떡펄떡 이 불꽃들 위에서

판화

가을은 판화 속 조각처럼 쓸쓸하다
사과를 따는 아줌마
회색빛 들녘 이앙기
새들의 울음
참꺼리 막국수도 정지돼 있다
남은 딱딱한 국수 면발을
주섬이며 챙기는 식당 아저씨
눈빛도 허공이다
나뭇잎이 한들거리다
부정형의 모습으로 박혀 있다
나이테도 물오름을 멈춰
새가 오지 않는다
늙으신 어머니는 일손들 저녁거리에
주름진 이마가 선명하다
가끔 소주잔이 들썩이고
하숙하는 아들놈의 라면 냄새가
진동한다
원룸 가스레인지 옆 풀지 않은 보따리도 있다

피식 웃는 아들의 똥그란 눈동자가
선명히 박혔다
들일 마치고 돌아오는 아버지
헤진 러닝셔츠 어깨 위로
반짝 빛나는 어머니 눈물
낙과처럼 쓸쓸한
다 갚지 못한 대출증서가 강물처럼 박혀 있다

푸드덕, 저기
미동의 날갯짓도 보인다

까치

어디로 갔을까
아파트 뒷마당 미루나무 한 그루
보이지 않네

열심히 가지를 물어 나르던
까지 두 마리
보이지 않네

어디로 갔을까
어른들은 너무 쉽게
나무를 베어내는 것 같아

둥지 속 아가 새는
엄마를 잃었을지 몰라
엄마는 지금쯤 아가 새를 찾고 있을지 몰라
꺽꺽 목 놓아 울면서

아파트 분양가가 높다고

분양가를 낮추라고 너무 비싸다고
서민들은 어떻게 사냐고
서명 받느라 분주한 아파트의 하루

사람들도 집이 소중하지만
까치도 집이 소중해

상추 잎

연탄재 뿌려놓은 담벼락 밑
푸른 상추 잎이 돋았다

물을 뿌리지 않았는데도
잎은 날로 더 푸르다

근사하게 팔려나가는
마트의 눈부신 불빛 아래
너는 없지만

홀로 선
담벼락 밑
너는 별빛처럼 푸르다

이 가을엔

이 가을엔 길을 만들자
구부러진 길 하나 노을 따라
젖은 눈썹 치켜뜨고 바람에 흔들린다

이 가을엔 길을 만들자
맥주를 마시며 땅콩을 만지작거리며
거품을 만들자 파도처럼 거품은 일렁이고
핸드폰의 음성
친구여, 일찍 돌아가라

마중 나온 달빛이 수런거린다
팔 내밀며 손목을 잡는다
퇴근하는 사람이나 퇴근을 바라보는 눈빛이나
길은 매 한길

친구여, 바짓가랑이를 걷어 올리자
젖은 눈썹 달빛에 말리자

동구 밖에서
― 이승과 저승 사이

가지 마이소 아부지
동구 밖을 따라가다 눈물로 돌아섰네
오늘따라 당신 얼굴이 참심더
손길이 참심더예

마냥 울고 섰기가 가슴 아팠네
언제 올라캅니꺼 아부지
내일이나 모레나 그 어느 날에도
오시지 못할 것을

가지 마이소 아부지
이 하늘 아래 자그마한 풀꽃으로 삽시더예

헤어진 소맷자락 잡아 동구 밖에 섰었네
언제 올라캅니꺼예
가지 마이소
풀꽃으로 사입시더 아부지

동구 밖을 따라가다 눈물로 돌아섰네

낫을 갈면서

학비를 부쳐주고 돌아온 날
대야에 찬물 넣고 낫을 간다
숫돌 위로 매끄러이
춤추듯 달려와 번득이는 가을 햇살
실가지 끝 조로롱 매어 달린
까치 한 마리
낯선 은빛 추억을 캐고
창공에 꼭 박힌 금빛 감은 떨어지질 않는다
옹골차게 동여진 이놈의 참 질긴 보따리
끝나라 끝나라 제발 끝나라
등대 위를 맴돌고
바다는 먼 어디쯤 초록빛 햇살 성큼
만선으로 몰고 오리

찬물에 슬픈 것이 어린다

제2부

산사 꽃눈

꽃눈

연삭기에 불꽃 튀기며 흰 날 세워 칼금을 긋는다
빛나는 성호아래 툭 떨어지는 꽃눈
하늘로 솟구치던 비상이 구른다
생전에 푸른 꿈 나비처럼 꾸었을 것이다
애벌레의 깊은 잠 떨치며 새벽 휘 달렸을 꽃눈
오랜 해저의 겨울
해빙의 꿈틀거리는 숨소리도 껴안았을 것이다
불면의 언덕을 잠수하는 저 해녀의 타는 목마름
빛나는 성호의 칼날을 섬뜩이여
바람보다 빨리 낙하하는 너의 숨결
꽃 아닌 것이 다시 꽃으로 필 때까지
떨어지는 너 곁에서 네 날개를 본다
사람들은 넓고 혹은 좁은 문을 열고
성냥처럼 둘러앉아 불을 붙이고
아궁이에선 궁전처럼 연기가 솟고 포도 같은
밥이 익는다

달래 강*

산이 단풍드는 것이 아니고
강물이 단풍든다
산은 제 발목 속 시원히 내어주고
강은 긴 목을 펼친다
가장 높은 하늘 하나
둥지처럼 품은 강
강물이 흐르는 것이 아니고
산이 강물 되어 흐른다

물오름을 허락하여 비로소
단풍드는 산
무릎 하나 내어 준 산
붉그락 푸르락
나란히 나란히
다 젖도록 문 여는 저녁

---

* 달래 강 : 충주시 달천동을 품에 안고 흐르는 강

허수아비

우리가 절망으로 들판에 섰을 때
홀로 피어나는 벼를 보라

우리가 누군가에 기대어 울고 싶을 때
키 작은 민들레를 보라

낮고 푸르게 흔들리는 저 아우성,
아우성을 보라

키 작은 민들레가
얼마만큼 멀리 가는지를 보라

가녀린 벼 줄기가
얼마나 높게 하늘 향하는지 보라
흔들리며 꽃 피우는지를 보라

산사 꽃눈

그가 나를 부르고 있다
검은 장갑이 손짓을 멈추지 않는다
외투 깃을 빳빳이 세운 나는 떨고 있다
한 뼘,
육신 하나 온전히 젖지 못해
밑창 없는 신발이 울고 있다
마디 사이를 짓누른 열매며 곰삭은 어깨들
정강이 뿔들이 솟고
지문을 엮은 실타래 섬섬 이랑들
높게 머릴 치든다
기억의 꼬리를 흔든다
자궁 깊은 곳 연기가 솟고
아궁이 심장 속 기어드는
딱정벌레 날개의 장렬한 최후
오래도록 네가

그토록 바라보게 하였구나

달빛 IT

초고속인터넷, 세상 온 구석구석 들판 가르질러 290킬로미터 레일을 질주하는 빠르고 빠른 오후입니다. 따끈한 소파 위에 고양이처럼 누워 버튼을 누르면 저녁밥이 익어갑니다. 휴대폰 속에는 내일의 날씨가 구름을 몰고 옵니다. 버튼 하나로 통하는 인터넷 바다. 하지만 저 어두운 해저의 활어들 달빛 버튼을 누릅니다. 수억 년 이어온 최초의 버튼 장비 없이도 잘도 통하는 초스피드 IT. 눈이 없어도 햇살을 먹고 자란답니다. 새끼를 친답니다. 초록 버튼을 콕 찍으면 둥실 달려온 달빛 어떻게 저리도 푸를 수 있을까요. 가지에도 잎에도 물에도 산에도 새들 날개 위에도 밤마다 달빛 버튼 누른답니다. 키를 키운답니다. 노래 부르게 한답니다. 우주와 통해온 저 오랜 달빛 IT. 찌릿 잠깐만 귀 쫑긋거려 봐요. 문득 한번쯤 고개 들게 하는 저 달빛

노을 1

온 종일 낮은 햇살로 떠돌다가
둥근 달로 걸어 들어가지 못하는
빛 잃은 새들의 날개는
어디로 떠가는 걸까

온 종일 파닥거리는 날개를 부여잡고
마감하는 가지들의 흔들림은
또 어디로 기어 들어가
움을 틔우는 걸까

어느 구석진 사각을 휘몰아치며 서성이던
삭신 쑤시는 바람의 헛기침은
또 어디로 가
낮은 둥지 안을 맴돌까

샘물처럼 일어서 가라
민들레처럼 키 작게 가라
초원을 흔들며 소리쳐 우는

어느 농부의 저녁노을이 붉다

늙은 호박

하늘 닮은 넓은 잎을 한 호박 잎사귀
담장 마루 어깨에 기대어
해살을 쬐고 있네요

속사정 모르는 바람
지친 잎사귀에
기차처럼 앉았다 지나가고요

맨 처음엔 잘 말려진 사각의 수평 위에
정성껏 골을 타고 비닐을 깔고 풀을 뽑고
엷은 구멍 자대처럼
줄을 맞춰 멋지게 심으려 했지요

둥글고 넓적한 씨앗 중에
별반 관심이 없는 해멀건 심장
울림도 없는 손바닥 같은 숨소리

그래도 요놈들 둥글고 누런

오래된 열매를 가을 낙관처럼
툭 찍어 담벼락에 기대있네요

여름 저녁

콘센트에 꽂힌 하루처럼
일정한 간극의 바람들이
수직으로
또 수평으로 흘러간다

수도꼭지의 일상이 빛바랜 나뭇잎 같다
태양에 퇴색한 엽록소의 흔들림
가지런한 전봇대 우듬지
별의 음성이 가장 잘 들리는 곳

낙타가 몰고 오는 모래 언덕이 보인다
황량한 밀짚모자가 돛단배처럼 떠 있다
길이란 본시 흔적을 남기지 않는 법
길은 길대로 길이 되고

일생이 점보다 작다

밤나방

벽에 미루나무처럼 기대어 불빛을 바라본다
온전히 저녁 늦어서야 아침을 켜는 형광등 아래
유혹되는 젖은 날개들을 본다
내가 젖어서 너도 젖은 것이냐
하루 온종일 모서리에 포복하여
광장으로 나온 것이냐
떼거지로 불빛 아래 군무를 이룬다
시방 먹잇감 뜯는 독수리인 양 검은 이빨 드러내고
하얀 달빛 쪼고 있네
젖은 날개 말리며 밤을 맞는 것이냐
방향 없는 날개를 부숴버리는 몸부림이냐
늦은 밤 불빛 아래 모여드는 아우성들

내가 젖어서 너도 젖은 것이냐

콩

데구루루 손가락을 튕겨 방바닥에 굴러두면
둥근 것이 구르질 않는다

바람 한 점 없는 방바닥 뚝배기 속에나
들어앉아 향이나 피울까
햇볕 잘 드는 베란다 장독 속
가부좌 틀어 삼매경에나 빠져볼까

그리운 것들은 아득한데
바다 소리만 창문에 아려오고
창밖의 공기들이 쓸쓸하다

한 몇 날 내 안의 흠결을 다독이며
지렁이 기어가던
지층의 심장소리나 엿듣고 있을까

살 속의 수분이 뜨악하고 빠져 나가
강물이나 이뤄볼까

흘러 흘러 이름 없는 화석이나 되어 볼까

껍질은 더욱 단단해져 용접이 되는 하루
나는 자꾸 내 속으로 파고드네

물감

세상의 빠알간 물감들이 다 모였다
세상의 파아란 물감들이 다 모였다
이 세상 물감들이 아우성치는 들판
이 세상 붓이란 붓들 일필 대작
물감 없이도 마구마구 물들어대는

저 하늘 붉은 고추밭

어느 봄날

노란 자궁 드러내고 꽃잎이 울고 있다
나는 모질게 태어나서
꽃을 피웠나니
대롱대롱 눈망울이 아름답다

밥상을 두고 모인 저녁 어스름
고등어를 바라보는 눈빛들이 찬란하다

자궁 속 가을이 짙다
내 유년이 울고 있다

안경을 벗다

살 같은 안경을 벗는다
내 앞에서 정면으로 빛을 쏘는 너는 뒷면
정면을 향해 있으면서 표 나지 않는
너를 벗음으로 인하여 뒷면을 생각한다
물결은 늘 뒤에서 우렁차고
뒤 풍경이 깊은 산
새소리도 깊은 법
거울 속에 나는 뒷면을 보지 못한다
이발사는 뒷면을 감지하는 여러 눈을 가졌을 것
때론 그에게 뒷면을 맡긴다
그의 손질이 정면이 될 수 있으므로
대부분의 뒷면은 유사할 것이다
뒷면의 땀이 질서를 만들어 내는 것
뒷면의 늦잠이 아침을 일깨우는 것
새벽별이 햇살을 건져 올리는 법
소리 없이 앞면 살찌우는
안경 벗으니 뒤가 보인다

귀가

마주 보고 있는 것들이 아름답다
상자 속 마주 보고 웃는 사과
제각기 둥근 모양으로 손 맞잡고
식탁 위에 앉아 있다
숟가락이 없는데도
배부른
빠알간 속살을 두드리고 있다
찬 아침을 맞으며 나서는 들길
쫓겨 온 가슴들 돌아와
어깨 부비며 마주앉아
별을 켜고 누웠다
상자 속 옴지락 꼼지락
가지런한 신발들
숯불 따스한 입김들
새들 돌아와 깃을 터는
밤 깊은 앞산이 되는 저녁

은하수 이불을 편다

빈병

일상을 놓고 콜라병이 누워있다

유일한 시간,

수거장에 수천 개의 붉은 입술이 모여 있다

완행버스 보따리 풀던 입술

간이역 기다림 같은

까르르 빌딩 숲 마악 빠져 나온 하얀 입술

꽃잎 흔들던 바람도 와 있다

주둥이를 터져 나오는 함성

침묵하던 일상들이 수군수군

일생을 누워보지 못했어

우리는 서있어야 해

오직 질주해야 해 마네킹

잘 숙련된 햇살처럼 일어나야 해

정말 산산조각 터져버리고 싶었어

꾹꾹 칼날 같은 정량 가득

다시 붉은 입술들 만나야 해

낮고 따스한 곳에 시체처럼 둘러 앉아

크로키 하는 오후

머언 바다를 꿈꾸지

나를 다 토해내는 순간

문득 내 안으로 흐르는 바람소리

나를 비워. 그리고 누워봐

빈병이 되어봐

꿈꾸는 판화

다리를 구부리고 달팽이처럼 엎드린
키 작은 화분

마른 가지에 푸른 새들의
울음 재잘거리네요
어느 토층의 숨소리 엿듣고 있어
흙냄새 피어오르네요

화분갈이를 하지 않아도
의연한 꽃망울
뿌리의 심장소리 동맥처럼
목덜미 차오르고요

어느 날엔 반 평 지하의
구석진 오래된 습기처럼 앉았다가
또 어느 날엔 햇살 좋은 창문 틈
박쥐처럼 엎드렸다가
홀씨처럼 사뿐 나비 되어 앉는 꽃병

반원 칼로 사슴사슴 모형을 뜨고
꽃잎 수놓았을 저녁햇살 말이죠
발목까지 가슴까지 물을 붓네요

낮은 것이 더 멀리 간다며
강철 날개 꿈틀거리는
저 고무 꽃 말이죠

상념

땡볕 아래 서다가도 문득
초가을 저녁 바람들이
쏴쏴 귀밑 언저리를 날카로운
칼끝으로 지나갑니다

그러면 작열의 볕에 지친 바랭이며
엉겅퀴 군락들이 참 오랜만에 소낙비를 맞은 듯
엷은 모시옷 자락을 화냥년마냥 풀어헤치고
줏대도 없이 깔깔 웃어 댑니다

아무도 없습니다
능금나무들이 가장 두터운 잎들로
겹겹이 귀 구멍을 틀어막아댑니다
눈살을 찌푸립니다

작은 잎 속의 가장 작은 벌레가
가장 작은 목소리로 외쳐본들
허공에 맴도는 목적 잃은 바람일 뿐

한 톨 의미를 부여하지 못하고 있습니다

능금 밭 농부는
작은 잎, 가장 작은 벌레의 성스러울지 위대한
그 작은 힘들의 두려움
능금 밭에도 한파가 불어온다고 잘 알고 있습니다

아직 가을은,
낙엽 밟는 소리 들립니다

제3부

능금나무의 수평가지처럼

가을 오후

농협 마당에 사람들이 모이면
수런수런 빚 얘기
비료포대처럼 쌓인다

농약 값 사료 값 연체이자 낱알처럼 흩어지고
얘기들은 풍선되어 하늘로만 오르고
영 가라앉을 줄 몰랐다

수근수근 사무실에선
날씨가 좋아야 태양이 쨍쨍 맑은 날 많아야 한다며
올 추석 사과 값 걱정을 했다

농자천하대본, 신토불이, 자유경쟁!
맑아서 하 눈부시게 맑아서
허수아비 네 청춘이 눈물겹다

쓰레기통을 비우며

쓰레기통에는 일상의 물무늬들
날아갈 때를 기다린다
젖은 날개를 퍼덕이며 비행을 꿈꾼다
고딕 글씨 선명한 흰 종이들
어느 행로를 걸어와 구겨있나
전송되지 못한 연서들이 이슬을 털고 있다
점선을 따라 찢긴 일회용 커피들
쓰러진 봉급처럼 아득하다
한 수일 변방을 배회하던 덕지한 웃음들
석고처럼 굳어있다
일상의 언어들이 분리된 빈병
그리운 구멍을 들락날락 헛기침을 토해낸다
폐혈관이 꽉 막혀 수술한 채 반장 부은 얼굴
반 고흐 자른 귀 볼로 눈앞에 일렁인다
쓸쓸한 날개 걸어 올리는 나방들 어깨가 들썩인다
이륙의 시간을 점화하는 모서리
모서리로 모이는 광어 떼
나는 지금 어망을 건져 올리는 중이다

손만 대면 툭툭 활어들이 마구 튀는
저 해저의 투명한 아침

빈 상자

작업장에는 빈 상자들로 가득하다
담긴 것들은 담긴 대로 떠나가고
담길 것들을 기다리는 그리움들로 가득하다
담길 것들로 자라
담길 것으로 선별 되어
당당히 먼 길 떠나가는 능금을 본다
담기지 못한 것들로 담긴 능금을 본다
담긴 것들은 또 누군가에게 담기지 못해
쓸쓸히 휴지처럼 버려질까
상자 속에서는 어떤 눈물들 흐르고 있을지도 모
른다
담기지 못한 것들 다시 만나 담겨져 올지도 모른다
우리가 알지 못하는 미지의 다리를 타고 와서
키득키득 봄꽃처럼 웃고 있을지도 모른다
담기지 못하는 열매를 위하여
꼭꼭 팔 여며 부둥켜안는 상자
능금은 능금끼리 상자는 상자끼리
꺽꺽 부여잡고 흰 눈처럼 운다

사각의 팔 얼싸안고 혈액처럼 끈끈하게 붉게
담기지 못한 것들 위해 먼저 담겨나간 것들
저를 안고 떠난 상자 목숨처럼 안고 와
지금, 떠날 채비 서두르고 있다

저 빈 상자,
다시 돌아 올 것을 약속하고 있다

두려운 사과

상자 속에는
그리움들로 가득하다
젖은 생애
낙관처럼 누워있다
낮은 어깨를 들썩이며
떨고 있다
부비는 옷깃사이로
봄빛이 가득하다
한 세월
끌려온 검은 눈망울
선별라인에 실리어 단순해질 그리움
흙들은 아무 말이 없고
데구루루 등급 되어지는
붉은 입술들
인권은 등급이 없다는데
생명은 소중하다는데
엑셀로 단순해지는 나는
특·상·하로 더욱 초라해지는 나는

버려질 나의 씨방은

발송(發送)장의 내가 두렵다

천하장사 할아버지

저기 봄 한 수레 꾸역꾸역
오르막을 오르고 있다
어기여차 밤새도록 떨어진 별
쓸어 담은 가슴 한 켠
길 오르고 있다
굵은 이마에 송골송골 땀방울 역력하다
실린 짐만큼의 꿈 끌고 오는 아침
박스들로 가득하다
일상을 끝낸 허기들을 끌고 가는 수레
오로지 이 핏줄 끝 노래 다할 때까지
눈 맑은 손자 놈 벼락처럼 설 수 있기를
끊어질 듯 무르팍 인두처럼 세워야 하리
다듬이질 울려 퍼지는 여울물 소리 들어야 하리
영감님, 저 지층을 흐르는 꽹과리 소리들
귀 밝도록 쫑긋해야 하리
가시네 댕기 쪽 토라지던 미소
오래도록 튼튼한 말초 같은 근육
눈 시리도록 움켜 집어야 하리

관세음보살 관세음보살
죽어서도 관세음보살
스무 해 넘나든 백팔 구비 고갯길,
환한 봄이 범문처럼 오는 길,

꽃 피는 길

어느 풍경

가을 작업장에는 낮빛 모두 단풍든다
허연 얼굴의 숫총각도
주름 골 깊은 할머니
듬성듬성 머리 숲이 내다뵈는 아줌마도
얼굴마다 붉게 익는다
손끝으로 향기가 익는다

아마 내일쯤 도달할 사과 상자
배달하는 택배 차 트렁크도
온통 붉게 단풍 물로 넘쳐나리

가을날 작업장에는 콧물을 막아주던 창문 틈에도
빨간 단풍이 든다
장갑에도 마분지 위에도 장화에도 마스크에도

붉은 바람이 흐른다

개수를 체크하는 김 대리 글씨도 온통 붉어

사과보다 더 붉어
펄럭이며 펄럭이며 하늘을 오른다

김형

사과농사꾼 김형은 누가 뭐래도 충주가 좋단다
밀짚모자에 면장갑 끼고 나가면
주렁주렁 바구니 가득 햇살 가득 담아 오거나
짙은 향 나는 사과 한아름 가슴에 품어 오거나
노을 깊은 앞산이 좋단다

퇴근길 문을 잠그며 바라보는 들녘
나는 하늘까지 붉게 익은 과수원에 온 것 같다

아침마다 나와 함께 창문을 열던 김형
유난히 키가 작아 얼굴 더욱 검어 보이는 그의
아내
초롱초롱한 눈망울 화장 아니 해도
마구 물들어 대는 여기가 좋단다
질퍽거리는 땀방울이 좋단다

본전도 안 나가는 과일값
상환장 앞가슴을 후벼 쳐도

아버지 억척스레 물려준

이 스무 마지기 비탈 밭을 오르락내리락

사타구니 환하게 아침이 좋단다

행여나 갚을까 이제서는 막을까 조마조마

갈치등인 양 누워 자도

하늘까지 붉게 익은 저녁놀이 좋단다

상자

비어있는 건 아름답다
하염없이 상자들이 그물처럼 쌓인
작업장
비움을 준비하는 순간들로 가득하다
눈발처럼 쓸쓸한 강,
그 날개를 퍼덕이며 이륙을 꿈꾸는
상자를 본다

상자 속에는 얼굴들로 가득하다
어느 깊은 해저를 지나 낮은 곳 습기처럼 맴돌까
어느 높은 이랑을 기어올라 회환하는 뱃고동소리
눈물로 안길까
발송(發送)대에 선 가을,

상자 속에는 푸른 그리움들로 가득하다

물달개비*

이앙 후 보름 수평의 푸른 논에
제초제를 뿌리세요
한정된 공간 튼튼히 벼 씨앗 울려 퍼지게
포기마다 타고 오르는 잡풀들을 죽이세요

제초제에 쓰러지는 키 큰 피며
자귀풀들 핵폭탄을 맞고 신음한다
논두렁에 가만가만 화살을 피해가는
가막사리 어깨가 애처롭다

아직 여린 속옷 감춰놓은 물달개비는 안전할 것
물 밖 그림자 얼씬도 하지 마라
목표 생산에 걸림돌은 직격 핵폭탄
영락없이 저승행이다

---

* 물달개비 : 물달개비는 물옥잠과의 한해살이풀로 학명은 Monocho-
ria vaginalis이다. 한해살이풀로서 줄기는 5~6개가 뭉쳐나며, 높이
는 20cm 가량이다. 7~8월경이 되면 흰색의 작은 꽃이 총상꽃차례를
이루면서 달린다. 벼 수확에 있어 문제가 되어 잡초로 관리된다.

공기 접촉 순간 비행접시 안으로 사라질 것이다
그래도 세상 빛을 따라
슬며시 한 놈 고개 쏘옥 내밀어
덩달아 날개 펴듯 출렁이는 물달개비

가두어둔 논물 속 빼꼼 빼꼼 눈망울들 귀여웁네
이때가 제일 적격입니다
물이 몸뚱이 반쯤 잠겼을 때가 가장 효과적입니다
한 삼 일이면 싹 뿌리째 말라 죽죠
침투가 용이하죠

호흡하는 잎을 따라 천천히
그리고 서서히 뿌리로 이동하죠
초전박살, 미라가 되죠

300평에 1병, 물속에 잠겨있을 때가 적격이랍니다
늘씬한지 뚱뚱한지 잎만 내놓으면 저승행 물달
개비

사람들아 사람들아

넓고 푸른 잎 하얀 엄지꽃

겨울 전정*

오늘 같은 날엔 전정을 한다
불필요한 양분의 허비를 막기 위하여
알차고 튼실한 꽃눈을 위하여
가위질을 한다
나무도 화나는 일이 많은지
영락없이 위로만 자란 직립지는
요리조리 아래로 잡아 당겨야 순해진다
꽃눈을 제거한다
적절한 안배를 위하여
적절한 양수분의 흐름을 위하여
희생아 전정**을 한다
나는 너의 꿈을 가위질한다
네 당돌 찬 희망을 절단한다
너는 네게로 피어서 내가 보내나니
툭툭 발아래

---

* 전정 : 나무의 가지치기
** 희생아 전정 : 좋은 꽃눈이어서 다음해 좋은 과실이 달리나, 전체적
   인 양수분의 흐름과 다른 좋은 과실을 위해서 제거되는 꽃눈

지난 긴 한해를 폭풍 속에 견뎌왔을
울며 떨며 바람이었을
꽃눈,
지금, 동면의 문을 열어 잠 없는 뿌리로 가라
표 나지 않게 소리 없이
메뚜기 발처럼 나비처럼
첫발 디뎌 낮게 엎드려
눈 뜨고 기다리는 뿌리로 가라
아! 땅 속 뿌리는 침묵의 동면 중
거기 붉은 실핏줄 파르르 꿈실거려
펄떡거려 하얀 손 푸른 동맥
오늘 같은 날엔 전정을 한다
알차고 튼실한 꽃눈을 위하여
다시 꽃 열리는 봄을 위하여
겨울을 자른다

노을 2

가을엔 보고 싶은 얼굴이 많네

서쪽 창문으로 넘어가는 저 노을은
무엇을 싣고 가는 것일까

꽃은 자꾸 저물어 가는데
세상의 잡념들을
끌고 가는 저·큰·수레는

문을 잠그며

가로등 불빛 가로수 그림자처럼 텅 빈 판넬*에 기대어
낮을 잠그는 별을 바라본다
열기를 식히지 않던 팩스의 울림도 멈추고
자장면 냄새도 바람을 타고 일찌감치 떠났다
농약병들이며 호미며 삽이며 질서 정연히
그들을 감싸던 상자도 침몰한 지 오래
바람의 통로를 들숨날숨으로 비행하던 환풍기
창문 틈에선 불빛 모여들던 나방들
시체로 떠 있곤 한다
문을 잠근다는 행위는 늘 일상을 떠다니는 손놀림
문 앞에 선다는 건 아침을 밀고 들어오는 햇살
썰물 되어 맞이한다는 것
꽝꽝 판넬 속에 못처럼 박힌 수백 개의 일상
날개 곧추세워 뚜벅뚜벅 일어설 아침 벽화들
가로등 불빛 가득한 판넬에 기대어
박제의 날개 꿈틀거리는 나방들을 본다

---

* 판넬 : 패널의 사투리

능금나무의 수평가지처럼

이월은 과수원마다 톱질소리 요란하다
능금나무는 가을 내내 열매를 안겨주고
뿌리의 말씀을 전해준다

하늘로 너무 올곧게 직립한 가지는
욕심이 끝도 없다
내 욕심만 차려
주위의 많은 가지를 불편케 하는
이런 가지는 위로 솟을 줄만 알았지
누울 줄 몰라
꽃이 아니 오거나 적게 온다

꽃이 많아야 열매가 많을까
개중에 좋은 열매 얻을 수 있을까
제 분수를 따라 평행으로 뻗은 가지
매년 알맞은 열매를 가져와
행복한 아름 젖게 해줄까?

맨 꼭대기에 올라서서
담배 하나 물고 서면
끝없이 펼쳐진 나무들 사이로
하얀 눈발이 나부낀다

서울로 가는 상록수

밀짚모자 흔들며 장화신고 서울로 가네
모범 경작생이 경운기 몰고 청계천을 가네
길은 오직 하나 작은 범선을 저어 가네

교실을 지키는 심훈이 서울로 가네
책을 들고 강남으로 가네
가갸 거겨 말 깨우치러 가네

명동 가면 오려나 술래술래 강강술래
흰 달빛으로 오려나
계몽계몽 심훈이 교탁 탁! 치고 서울로 가네

이놈의 농산물 값 이놈의 저린 빚 싸들고 명동으로
가네
두 눈 부릅뜨고 코피 쏟으며 가네
서울 천지 상록수 심으러 가네

심훈아 심훈아

심훈이 꽃씨 손에 꼭 쥐고 서울로 가네

제4부

에세이, 일 혹은 詩

폭설

근 7년여 만에 지역에 15.5cm의 눈이 내렸습니다. 폭설입니다. 온 산과 들, 나뭇가지마다 흰 눈들로 덮였습니다. 내리고 또 내립니다. 모든 일상이 정지되는 듯합니다. 고요한 하루입니다.

쌓인 눈을 쓸고 밀고 몰치고 몇 번이나 작업을 하여도 눈은 장독대 위 햇살처럼 더 부풀어 오릅니다. 끄떡도 없습니다. 괴산 지역은 13cm, 제천지역은 29cm, 서울과 경기도 지역도 100년여 만에 처음 내리는 눈의 잔치입니다. 하늘이 하얀 보자기 잔치를 끝도 없이 펼쳐 놓았습니다. 눈을 치우고 짬을 내어 난로에 둘러앉은 모습들이 마중 나간 눈사람 같습니다.

이 겨울 누군가에게 따뜻한 한 되 남짓 불씨로 내린다면 얼마나 좋겠습니까?

기온 급강하

어제 내린 폭설로 도로와 마당이 얼음으로 가득합
니다. 출근길에는 넓은 도로 대신 마을 샛길로 돌아
왔습니다.

좁고 굽은 길에 쌓인 눈이 더 아름답습니다.

마을길은 도심 도로보다 햇살이 적어 눈이 덜 녹
기는 했으나 사고가 나도 혼자 날 것이기에 오히려
마음이 편했습니다. 설경을 감상하는 것도 긴장 속에
괜찮습니다. 어제 온종일 수고한 덕에 마당은 한결
가벼워졌습니다. 아파트에는 눈을 치우지 못해 눈덩
이 그대로 쌓여 있습니다. 역시 수고는 다음날 편함
을 줍니다.

나무는 추워야 편한 잠을 잡니다. 푹 자라 나무여.

한 마리 새

겨울이 다 가기 전 슬픔도 버려야 할 것입니다. 버린다는 것은 쉬운 일은 아니지만 결국은 나를 가볍게 하는 것입니다. 내 안의 쓰리고 아까운 것들을 비처럼 흘려보낼 때 비로소 나는 가벼워지는 것입니다. 나의 미련들과 안타까운 일들은 공중으로 흩어져 많은 계곡과 강들을 따라 바다에 이를 것입니다.

오늘 낮 부장님의 장모님이 작고하셨습니다. 인연을 두고 살아온 많은 사람이 슬픔에 겨워할 것입니다. 사람은 죽어서 바다로 갑니다. 하늘이 바다로 영혼을 묻습니다. 바다에 머무는 것은 잠드는 것이 아닙니다. 망망한 깊은 해저의 터널을 지나 금빛 물결로 일렁이는 것입니다. 그리고 한 마리 새가 됩니다.

중환자실의 아버지는 외로울 것입니다. 생의 길 더듬이를 하고 계실 것입니다.

많은 날의 실타래를 풀고 엮고 분주하실 것입니다. 바다로 가는 길을 찾고 계실 것입니다.

영하를 건너는 나무

　도로에 쌓인 눈들이 마구 녹아들고 있습니다. 태양의 따스함과 지열이 폭설을 다독이고 있습니다. 거침없이 쏟아 붓던 겨울의 장대비가 만들어 놓은 골목마다 차들이 지나가고 혹은 차들이 정지해 있습니다. 눈들은 내려 쌓여 좀 더 오래 지상에 머물기를 소원했는지도 모를 일입니다. 엉겨 붙고 얼싸안고 낮은 포복 자세를 취하여 떨어지기를 거부하는 몸짓입니다. 더러는 나뭇가지 위에 새처럼 앉아 멀리 들판을 바라봅니다. 내가 타고 온 미끄럼틀을 넌지시 응시합니다. 어쩜 눈들은 나무가 되고 싶은지도 모릅니다. 꽃눈 위에 살포시 누워 땅의 말씀을 듣는지도 모릅니다.

　영하 19도의 저온으로 바람을 맞는 모든 부분이 얼었습니다. 체온이 없는 형상의 것들은 미동도 없습니다. 거북들이 건물들과 도로마다 가득합니다. 나무는 사실상 바람에만 흔들리고 움직이는 것 같지만, 지금도 물오름은 계속되고 있습니다. 깊은 잠을 자면서 긴장을 놓지 않고 있습니다.

오들오들 나무는 추워도 표를 내지 않습니다. 오직
한 방울의 꽃망울을 터뜨리기 위하여 이 영하를 건너
고 있습니다. 땅의 말씀 엿듣고 있습니다.

고심

비가 오니 계획하였던 일이 추진되지 않습니다. 마음 같아서는 우산이라도 뒤집어쓰고 나가고 싶습니다. 정해진 시간은 한정되었는데 마음이 급합니다. 폭설과 강추위 녹지 않는 시간이 겹겹이 쌓이면서 많은 겨울의 시간이 흘러갔고, 급기야 비까지 하염없이 내립니다. 아마도 구정이 지나면 전정 작업이 밀물처럼 몰릴 것인데, 시범 포 육성을 위해서는 직접 가지치기와 그에 따른 후속 작업들을 손수 지도해야 합니다. 몇 나무씩 시범적으로 보여서 한 과수원을 걸출나게 표현할 수는 없는 일입니다.

무릇 남에게 드러내 놓아야 하는 모범 과수원이란 조직을 대표하는 것이고 전문지도사의 기술적 능력 문제와도 부합되기에 보편적인 순회 지도와는 사뭇 다를 일입니다. 몇 곳의 지정 시범 포는 사실 많은 시간을 할애하여야 하며, 이것이 엎친 데 덮친 격이 되고 있는 것입니다. 시범 원의 성공을 통해서 조직으로의 집결을 유도하고 이를 통해서 바람직한 모델을 제시하여 파급 효과를 창출하는 것이 내가 할 일입니

다. 지정하리라 마음 준 곳들이 다 성공하지 못한다
해도 두어 군데만 성공한다면 이를 큰 기반으로 할
수 있을 것인데, 비가 내리면 생각나는 많은 것들이
있습니다. 생각지도 않고 무심코 지나쳐 버렸던 일들
이 빗방울 튕기듯 떠오르곤 합니다. 가장 낮은 곳에
이르리라.

낮은 곳의 바다는 가장 넓고 가장 깊습니다. 바다
는 하늘을 품고 여울져 갑니다.

검은 구두

장례식장에는 검은 구두들로 가득합니다. 지하철을
타고 자가용에 실려 끌려온 구두들.

구두는 하인입니다. 순종하고 복종하며 가슴을 조
이며 온종일 걷습니다. 피곤한 눈을 비비며 이곳까지
밀려온 파도처럼 웅성웅성 모여앉아 탄식을 쏟아 냅
니다. 서울서 온 구두는 서울 사정을 얘기하고 충청
도에서 온 구두는 올겨울 복숭아 동해 피해를 얘기하
고 경상도에서 올라온 구두는 불경기 얘기를 합니다.
주인이 취하면 구두도 취합니다. 뒤뚱뒤뚱 잘 버티는
지게작대기처럼 주인을 지탱합니다. 언제 한번 구두
끼리 마주앉아 식사한 적 있는가요. 오늘처럼 장례식
장에서나 둥근 밥상에 둘러앉아 볼 시간. 어디 한번
이렇게 많이 군집하여 본 적 있었는가요.

늙고 젊은 새떼들이 비상을 준비합니다.

낮은 곳의 침묵

이제 피곤한 나무가 활력을 찾은 것 같습니다. 비가 내립니다. 아니 눈발이 머리를 적십니다. 심장 쪽이 안 좋아 농사를 포기할 것 같다고 하십니다.

6억에 서울 퇴직 공무원 둘이서 사들이려고 1주일 전에 왔다 갔다 합니다. 본인은 서운한 기색이 역력합니다. 농작물 재해보험에 가입하라고 적극적으로 권하였습니다. 서리가 내리는 상습원이므로. 허리도 아주 아픈지 걷는 모습이 구부정합니다.

어제 내린 눈으로 하얀 장판지를 깔아 놓았습니다. 나무들이 장판 위에서 썰매를 탑니다. 토끼 발자국도 낙관을 찍어 놓았습니다. 눈이 녹을 즈음 나도 녹으리라. 갈수록 좁아지고 어쭙잖은 내 마음. 겨울 햇살 아래 녹으리라. 녹아야 나무가 자랍니다. 눈은 필시 가장 낮은 곳에서 녹습니다. 하염없이 폭우처럼 내리다가도 발아래 산 곳곳 내려앉아 침묵합니다.

낮은 곳에선 바람도 조용합니다.

빈집

언덕을 내려오는 길 빈집을 보았습니다. 한때는 시끌벅적했을성싶은, 누가 울기라도 한 듯, 마중 나오던 손길들이 나뭇가지에 걸린 듯, 문지방에 웃던 웃음이 걸터앉은 듯….

허기진 배꼽을 움켜쥐고 빈집이 산 아래 앉아 있습니다. 다 떠나가면 빈집이 되는가. 그을린 내 얼굴도 빈집입니다. 식당이 멀어 신라면 3봉을 밥솥에 끓여 먹었습니다. 어르신이 미안해했습니다. 나는 더 좋았습니다. 아무거나 먹으면 어떤가. 허기만 달래면 되지.

굵은 나무가 아주 토실토실하고 가지 군들이 붉은 색입니다. 알이 잘 굵겠습니다.

큰 나무 1주, 작은 나무 3주를 자르면서 가지 자르는 시범을 보여 드렸습니다. 잘 알아들으십니다. 퇴비를 나무 바로 밑에 똥그랗게 주셨습니다. 이러면 안 되는데, 넓게 흩뿌려야 작은 뿌리들이 좋아하지.

바람

무신 바람이 이다지도 부는가? 깔아 놓은 참깨 비닐이 강풍에 찢깁니다.

4월 봄날, 지천에 봄바람이 불어도 시원찮을 판에 벽을 강철로 휘갈기는 봄이라. 암술로 달려드는 수술의 가루들이 날개를 잃습니다. 암술의 자궁은 얼어붙었습니다. 전국에 꽃가루 비상입니다. 수정이 비상입니다. 참외 한 상자에 25만 원, 나주 배 재해지구 선포 예정, 성주 참외 재해지구 선포 예정, 우리 지역도 배 농가 피해, 복숭아 농가 피해, 사과 꽃의 1번 꽃이 없습니다. 키가 작습니다.

바다도 산화하고, 봄꽃들도 산화하고, 4월은 어디로 갑니까.

주덕 마을에서

안림동 복숭아 동해 피해로 방문하니 90% 전멸입니다. 꽃이 피지 않습니다. 잔가지 군이 갈색입니다.

사과밭은 어디에 있습니까. 민들레 찻집 뒤쪽에 있다고 들었는데….

"4년 차예요." 아주머니 목소리가 그렁그렁합니다. 복숭아나무는 동해 피해로 열매가 없고 사과나무는 아직 작아서 열매가 적고….

아하, 상자 값이 나오겠는가? 가망 없는 이 복숭아밭 도지를 얻었을 땐 어떤 심정이었으랴. 이길호 씨도 함께 있습니다. 나무를 보니 웃자란 가지가 제멋대로 솟아있고 나무껍질은 덕지하며, 수지병과 유리나방 피해도 보입니다. 아직 전정을 하지 않았으니 과실이 작고 수분 탈수 증상도 보입니다. 겨울 동해 피해도 크고 나무껍질은 갈변되었습니다. 전망 없는 이런 밭을 얻었을 때는 그 심정 이해가 가지만 지금이라도 가지치기해서 하겠다는데 그 결정을 내가 내려야 한다니…. 난감합니다. 나는 "정리하십시오. 해 보입시다" 하고 언덕을 내려왔습니다.

농사에 포기가 어디 있는가. 벌써 풀숲으로 뱀이
지나갑니다.

궁리

농약을 창고에 두고 밭을 보는데 가지가 복잡합니다. 솎아내야 하는데 아까워서 솎지 못했으리라. 불필요한 가지는 솎아내어야 합니다. 가지를 솎아야 바람이 들고 햇살이 듭니다.

지난해에는 이맘때쯤 잎이 연해서 비료를 일부 주고 황산마그네슘을 시비했는데 그것 때문에 지금 나무가 활력 있는 것이 아님을 알아야 합니다. 가지를 수평 상향하고 주간과 주지, 주지와 결과지군의 비율이 좋았던 것입니다.

만 평, 동해 피해도 없고 결실도 아주 좋습니다. 같은 약을 쳤는데 집 바로 뒤는 복숭아순나방이 순에 들었습니다. 순에서 취소하여 어른이 되고 겨울을 납니다.

나는 지금 저 집까지 낮은 포복으로 침투하여 초전 박살내야 하는 따스운 농약을 궁리 중입니다.

자물쇠

언제나 농약 처방전 한 바퀴 도는 밭입니다. 복숭아나무가 지난번 방문과 생육상 큰 차이가 없습니다. 호전이 안 됩니다. 동해 피해 때문이리라. 사과는 더러 빈 가지가 있으나 양호했습니다.

국수 한 그릇을 얻어먹었습니다. 점심나절은 지나야 술이 깰 것입니다. 막걸리는 사양했습니다.

시나노래드 사과품종은 아주 양호한데 미야가 사과품종의 생육이 부진합니다. 지난번 방문 시 가지를 솎아내도록 했는데, 원인은 겨울 전정 시 가지를 많이 남긴 탓입니다.

작은 개가 더 앙칼집니다. 몇 년 동안 자주 왔는데 내 냄새도 못 맡는 개(犬)입니다.

원두막에서 보이는 충주댐 물이 시퍼렇습니다. 충주의 일상들을 등에 업고 갑니다. 사과 열매가 많이 줄어든답니다.

이 꼭대기에도 자물쇠를 신설했으니, 변하긴 많이 변했습니다.

큰 기여

올해처럼 비가 쉬엄쉬엄 자주 오는 해가 병해충이 많습니다.

감수성 품종인 홍로 사과 상단부의 과실은 탄저병이 발생하여 이를 제거하여 수인성으로 인한 2차 감염을 막아야 합니다.

바람이 잘 들지 않거나 전정이 불량한 과수원은 갈색점무늬병도 시작되었습니다. 복숭아는 특히 노린재가 심하여 야단입니다. 노린재는 다 익은 과실이나 어린 과실에 구침을 쏘아 과즙을 흡즙하여 과실이 울퉁불퉁해져 상품가치를 없게 만듭니다. 골치 아픈 벌레, 작은 요 벌레가 이다지도 큰 기여를 하다니….

대명슈퍼

저녁이면 늘 전화가 와서 농약 배달을 갔습니다. 밤나무와 복숭아나무 농약을 처방하여 흰 봉지에 돌돌 싸서 슈퍼에 맡기고 가끔 그분과 만나면, 아니 전화가 와서 소주와 캔 참치 뚜껑을 따서 반병씩 나누곤 했습니다.

몰랐습니다. 장례를 다 치렀다니. 밤나무에도 응애가 인다며 비탈 산을 따라 오르던 내 발자국도 풀 섶에 곤두박질치고, 순나방이 파고든 황도복숭아를 몇 개 건네주던 그의 새싹 같은 오후의 미소도 곤두박질치고, 연체에 밀려 덜 익어버린 여름도 곤두박질치고, 한때는 구름 모자를 쓰고 펄펄 날고 싶었을 그.

그가 거느리던 복숭아밭이 환하게 웃고 있습니다.

태풍 피해

곤파스의 영향으로 농작물 피해가 속출합니다.

충남 예산, 홍성, 당진, 서산지역 경기도 배, 충북 복숭아 등에서 과일 낙과도 다소의 차이는 있지만 피해가 많습니다.

먹구름이 빠르게 지나가는 사이로 언뜻언뜻 파란 물감이 보입니다.

푸른 물감이 들어야 과일도 단풍듭니다.

눈망울이 글썽이는 아주머니, 태풍이 지나간 자리마다 슬픔이 배어있습니다.

하루 종일 농약과 씨름했습니다.

하루 종일 병해충과 씨름했습니다.

하루 종일 착색과 씨름했습니다.

하루 종일 먹구름 가득한 하늘을 생각했습니다.

순수 서정의
돋보이는 자아 세계 구축

홍윤기
(시인 / 문학박사 / 한국외대 교수)

충주 김수연 시인을 대하며 시의 재능을 타그난 시인을 만나는 것은 기쁜 일이라고 느꼈다. 충주하면 필자가 젊은 날 문단에 등단하여 오랜 세월동안 절친하게 교우한 시인으로 신경림이 있고, 존경하던 분은 박재륜 선생이며, 오늘 날 한국 시단에서 정평 있는 현역 양채영 시인도 친교해온 한국 시단의 대표적인 시인이다. 그러고 보면 충주는 유능한 시인들이 계속하여 많이 배출되는 명소라고 보며 충주에 대한 젊은 시인들에게 거는 이 사람의 기대감 또한 크다.

한국 현대시는 누가 뭐라 하여도 김소월의 '진달래꽃' 으로부터 명시가 시작된다. 그 뒤를 쫓아서 김영

랑의 '모란이 피기까지는' 이 잇따라 한국 명시의 터
전을 빛냈다. 그런 한국 현대시의 꽃밭을 노천명의
'사슴' 이 뒤달리면서 이용악의 '오랑캐꽃' 이 솟아
나고, 드디어 서정주의 '국화 옆에서' 등 한국 현대
시는 눈부신 향연의 꽃밭을 교향(交響)하는 터전에
로 마침내 박두진의 '해' 가 눈부시게 불끈 치솟아
오른다.

그런 견지에서 《김수연 시집》을 펼쳐 먼저 '수박을
먹으며' 를 함께 감상해보자.

절박하게 고추가 익는다
태양 아래 젖은 속옷 풀어헤쳐
마알간 살빛 거침없이 타고 있다
익어 간다는 건
절박한 그리움 보듬어 여물고 있다는 것
휘이휘이 새떼 내몰듯
농약 장대 끝으로 분수처럼
날아가는 절박한 눈들

구릿빛 물든 형수의 얼굴
대상포진에 허우적대는 사방팔방

아버지
왼쪽 무릎 질질 끌고 가는
어머니의 여름
무럭무럭 절박하게 익고 있는 조카들
마구 터져 나오는 씨앗들을 바라보는

오후 한때

- '수박을 먹으며' 전문

시는 근본적으로 지금까지 볼 수 없었던 새로운 '아름다움' 을 탐구해내는 '노래' 이다. 요즘 보면 한국 시단의 많은 시가 스스로 본연의 길을 잃고 '이야기' 를 나열하면서 방황하고 있다. 너무도 딱한 노릇이다. '언어예술의 노래' 인 시는 '교훈(敎訓)' 이거나 '철학(哲學)' 이 아니며, 더더구나 '사회비평(社會批評)' 이 아니다. 그럼에도 적지 않은 이들이 세상사 온갖 사상(事象)을 저 혼자 걸머진 듯이 흥분하여 분개하며 소리치는가 하면 탄식하고 넋두리를 늘어놓으며 "시를 썼습네" 하고 공연스레 거들먹거린다.
시의 기본은 '리리시즘(lyricism ; 서정성)' 을 모체로 하는 '노래(song)', 즉 '서정시(lyric)' 이다.

여기에서 보면 과연 김수연 시의 새로움은 "농약 장대 끝으로 분수처럼 / 날아가는 절박한 눈들 / 구리 빛 물든 형수의 얼굴"로서의 '삶의 아픔'의 승화 작업이다. 자칫하면 이런 유형의 시가 '아포리즘 詩(aphorism poetry ; 敎訓詩)'로 흐르기 쉬우며 그 경우는 문학성보다는 격언을 통한 아픔의 호소로 전락하게 된다. 그러나 참으로 빼어난 솜씨를 대하면서 붓을 들자니 흐뭇한 마음이다.

뒤이어 '능금나무의 수평가지처럼'을 읽어보자.

이월은 과수원마다 톱질소리 요란하다
능금나무는 가을 내내 열매를 안겨주고
뿌리의 말씀을 전해준다

하늘로 너무 올곧게 직립한 가지는
욕심이 끝도 없다
내 욕심만 차려
주위의 많은 가지를 불편케 하는
이런 가지는 위로 솟을 줄만 알았지
누울 줄 몰라
꽃이 아니 오거나 적게 온다

꽃이 많아야 열매가 많을까
개중에 좋은 열매 얻을 수 있을까
제 분수를 따라 평행으로 뻗은 가지
매년 알맞은 열매를 가져와
행복한 아름 짖게 해줄까?

맨 꼭대기에 올라서서
담배 하나 물고 서면
끝없이 펼쳐진 나무들 사이로
하얀 눈발이 나부낀다

— '능금나무의 수평가지처럼' 전문

시각과 청각이 조화하는 삶의 의미 생생한 오프닝
메시지로서의 詩 "이월은 과수원마다 톱질소리 요란
하다 / 능금나무는 가을 내내 열매를 안겨주고 / 뿌
리의 말씀을 전해준다"와 같이 정화(精華)된 서정미
듬뿍 넘치는 신선한 시구들은 우선 별로 나무랄 데
없다. 그러기에 순수 서정미로 엮어진 시인의 풍성한
삶의 새로운 리리시즘은 자못 감동적이지 않을 수
없다.

왜냐하면 김수연의 시편들은 무릇 오늘의 감성

(感性)조차 메마르고 거칠어진 상념과 독창성과 신선미마저 상실하여 틀에 박힌 매너리즘(mannerism)과 구시대의 관념으로 얼룩지고 있는 한국 시단에 참신하기 그지없는 각성제 작용을 할 수 있기 때문이다.

이렇듯 잘 다듬어진 공감각적인 서정의 이미지 강한 역동적 시어와 함께 능수능란한 메타포(metaphor ; 은유)의 솜씨는 좀처럼 한국 시단에서 찾아볼 수 없는 뛰어난 테크닉(technic ; 기교)을 발휘하고 있다. 다만 여기서 "행복한 아름 젖게 해줄까"에서, '행복'이라는 관념어 대신 이미지로써 그 콘텐츠를 메타포 처리했다면 하는 아쉬움이 있다.

다음은 '달래 강' 이다.

산이 단풍드는 것이 아니고
강물이 단풍든다
산은 제 발목 속 시원히 내어주고
강은 긴 목을 펼친다
가장 높은 하늘 하나
둥지처럼 품은 강
강물이 흐르는 것이 아니고

산이 강물 되어 흐른다

물오름을 허락하여 비로소
단풍드는 산
무릎 하나 내어 준 산
붉그락 푸르락
나란히 나란히
다 젖도록 문 여는 저녁

* 달래 강 : 충주시 달천동을 품에 안고 흐르는 강

— '달래 강' 전문

앞에서 '서정시'의 중요성을 지적했거니와 시의 바탕은 리리시즘이다. 이 '서정시'라는 것의 어원(語源)은 '라이어(lyre)'라고 하는 '하프' 비슷한 서양 악기며, 한국 고대의 '비파'처럼 생긴 현악기를 퉁기면서 그 가락에 맞춰 노래 부른 데서 생겨난 '노래'라는 뜻을 가진 언어의 '음률 문학'이라는 것을 굳이 강조해 두련다.

"단풍드는 산 / 무릎 하나 내어 준 산 / 붉그락 푸르락 / 나란히 나란히 / 다 젖도록 문 여는 저녁"에

서처럼 정서가 순수하게 승화된 언어 예술의 '노래'
인 시. 참으로 반갑고 또한 다행스럽다면 오늘의 시
인 김수연은 서정미 넘치는 '노래'를 통하여 '삶
(生)'의 시작이며 또한 행동 양식, 더 나아가 '삶'의
영원한 가치를 창조하려는 참다운 '삶'의 비전
(vision ; 未來像)'을 다양하게 제시하고 있어서 매우
주목된다.

  필자가 강단에서 늘 주장하는 말이지만 시인의 새
로운 상상력은 곧 새로운 미래를 형성시켜 준다. 그
것이 다름 아닌 유능한 시인의 환기적(喚起的) 창작
역량이다.

  우리가 흔히 쓰는 언어에는 '지시적(指示的)' 기능
과 환기적 기능이 작용하고 있다.

  이번에는 김수연의 '상자'를 들여다보자.

  비어있는 건 아름답다
  하염없이 상자들이 그물처럼 쌓인
  작업장
  비움을 준비하는 순간들로 가득하다
  눈발처럼 쓸쓸한 강,
  그 날개를 퍼덕이며 이륙을 꿈꾸는

116

상자를 본다

상자 속에는 얼굴들로 가득하다
어느 깊은 해저를 지나 낮은 곳 습기처럼 맴돌까
어느 높은 이랑을 기어올라 회환하는 뱃고동소리 눈
물로 안길까
발송(發送)대에 선 가을,

상자 속에는 푸른 그리움들로 가득하다

— '상자' 전문

탁월한 시인들은 언제나 남들이 구사하고 있는 지
시적인 언어를 단호하게 거부하고, '상자'에서처럼
그 자신 혼자만의 독창적인 새롭고 환기적인 언어로
서 시를 창작해 낸다.
"어느 높은 이랑을 기어올라 회환하는 뱃고동소
리 / 눈물로 안길까 / 발송대에 선 가을 / 상자 속에
는 푸른 그리움들로 가득하다"는 그런 견지에서 우
리는 신선하고 진취적인 이미지의 세계를 부각시켜
희망찬 한국 현대시의 미래상을 눈부시게 제시하고
있는 오늘의 시인 김수연을 새롭게 평가하지 않을

수 없다. 시어(詩語)들은 이르는 시편마다 새롭고 참신하여 그 세련된 표현미가 독자를 사로잡고 있다. 서정미 넘치는 신선한 시구들을 얼마든지 살필 수 있다.

한국인의 식탁과 절친한 '콩나물' 차례다. 읽어보자.

밥상에 콩나물 한 접시
낮고 습한 곳
유년의 길을 걸어 나와
한 생애를 마감하고 있다
나를
가져가시오
내 몸뚱이를
가져가시오
육신 전체 훤하게 드러내는 일
흰 살갗 거침없이
밥상 위에 펼쳐놓고

어머니가 가고 있다

— '콩나물' 전문

이제 여기서 필자가 굳이 강조해 두고 싶은 것은 시인 에즈라 파운드(Pound, Ezra Loomis, 1885~1972)의 다음과 같은 규명이다.

"위대한 문학이란 가능한 최대한(最大限)의 의미가 담겨진 충실한 언어에 있다"([How to Read] 1931).

'20세기의 대시인'이라는 T. S엘리옷(Eliot, Thomas Sterns, 1888~1965)을 키워낸 스승이었던 이른바 '현대시의 순교자'로서 추앙받은 에즈라 파운드의 그와 같은 지적은 곧 그가 서구의 젊은 시인들에게 큰 영향을 줄 수 있었던 가장 두드러진 명언이 아닐 수 없다.

그렇다면 '가능한 최대한의 의미가 담긴 언어'로서의 시를 쓴다는 것은 과연 무엇을 가리키는 것인가. 그것이야말로 오늘날과 같이 시어(詩語)가 황폐해진 시대에 어쩌면 가장 적절한 가르침이 아닌가 한다.

어쩌면 김연수의 "육신 전체 훤하게 드러내는 일 / 흰 살갖 거침없이 / 밥상 위에 펼쳐놓고 / 어머니가 가고 있다"는 시인에게 맡겨진 새로운 상상력이 담긴 충실한 의미를 포괄하는 시의 표현이 바로 에즈라 파운드가 요청하는 '최대한의 의미가 담긴 언어'

이다.

좀 더 구체적으로 설명하자면 '지금까지 남이 쓴 일이 없는 새로이 창작된 감동적인 훌륭한 시'를 뜻한다. 이제 우리들 앞에서 당당히, 미래를 창조적으로 투시하는 '비스타스(vistas)'의 시작법을 과감하게 제시하고 있다. 그러기에 김수연은 오늘, 독자로 하여금 종래의 시작법이나 시언어로서는 도저히 설득시킬 수 없는 새로운 시편으로서 우리에게 뿌듯한 충족감을 그득 안겨 주고 있다. 필자는 서두에 밝히기를 이 시집을 통해 김수연을 만난 것을 기뻐한다고 했다.

그가 나를 부르고 있다
검은 장갑이 손짓을 멈추지 않는다
외투 깃을 빳빳이 세운 나는 떨고 있다
한 뼘,
육신 하나 온전히 젖지 못해
밑창 없는 신발이 울고 있다
마디 사이를 짓누른 열매며 곰삭은 어깨들
정강이 뿔들이 솟고
지문을 엮은 실타래 섬섬 이랑들
높게 머릴 치든다

기억의 꼬리를 흔든다
자궁 깊은 곳 연기가 솟고
아궁이 심장 속 기어드는
딱정벌레 날개의 장렬한 최후
오래도록 네가

그토록 바라보게 하였구나

– ‘산사 꽂는’ 전문

‘산사 꽂눈’ 에는 ‘시를 통한 인생의 진선미 추구’의 진지하고도 아름다운 시적 탁마의 자세가 담겼다. 시인이 시를 창작하려는 근본적인 목적이 바로 참다운 시어 구사를 통한 ‘진선미’ 의 형상화에 있기 때문이다.

“마디 사이를 짓누른 열매며 곰삭은 어깨들 / 정강이 뿔들이 솟고 / 지문을 엮은 실타래 섬섬 이랑들 / 높게 머릴 치든다 / 기억의 꼬리를 흔든다”와 같은 시의 작업이야말로 많은 독자에게 기쁨과 감동을 베풀게 된다.

진선미’ 에서의 ‘진’ 은 서로 간에 거짓이 없는 ‘사고와 존재의 합치’, 곧 ‘진실’ 의 시어, 즉 지금까지

볼 수 없었던 새로운 '노래'의 구축이다. 거기에 수
반되는 것은 두말할 나위 없는 순수하고 선량한 '선'
과 그것이 빚어내는 '미'인 아름다움이다.

　시의 궁극의 목적은 바로 그와 같은 진선미 추구의
'노래 작업'이다. 시가 인간의 삶의 방법을 찾고 있
는 철학이거나, 또는 사회 집단의 공평하고 합리적인
존재 방법을 이루겠다는 이른바 정치와 다르다는 것
이 여기 있는 것이다. 거듭 지적하자면 시는 진선미
가 이루어내는 참답고 아름다운 노래이다. 그러기에
김수연의 시 작업을 값진 '진선미의 노래'로서 평가
할 만하다.

　농촌 현장에 대한 예리한 시각을 형상화하느라 고
심한 김수연의 '그대'를 마지막으로 읽어본다.

　농악을 사러 오는 그대의 얼굴이 붉다. 붉어서 까맣
다. 익어버린 낮달 같다. 언제 한번 하얀 와이셔츠 나비
처럼 입고 내가 키운 돼지 스테이크 나이프로 폼 나게
자르며 하얀 조명등 아래 멋들어지게 앉아 있나. 창밖에
는 쓸쓸한 사람들이 행복하게 오고가는 낮선 이국의 풍
경을 본다. 얼마만큼 삽을 퍼야 얼마만큼 무릎이 곪아야
얼마만큼 허리가 닳아야 세상이 오나, 빛처럼 환해지나.

그대 장화가 장군처럼 당당해지나

— '그대' 전문

　"농약을 사러 오는 그대의 얼굴이 붉다. 붉어서 까맣다. 익어 버린 낮달 같다"는 아포리즘 시(aphcrism poetry)는 많은 사람을 이끌고 감동시키는 포이틱의 참신한 파워가 잘 나타나고 있다. 여기서 직유보다는 예리한 메타포로서의 간접 화법으로써 나간다면 더욱 각광받게 될 수 있을 것이다. 그리하여 리리시즘을 통한 능수능란한 문학적 판타지(fantasy)의 미학과 접목시키는 데서 비로소 현실적 리얼리티(reality ; 진실성)의 조화로운 시적 구상화(具象化)를 발견하게 된다.

　이 시집에서 김수연이 보여주고 있는 참다운 삶의 진실이 담겨진 시언어의 최대의 구사 능력은 두말할 나위 없이 이 시인의 탁월한 상상력과 동시에 잠재된 내실(內實)의 자질을 확연하게 입증해주고 있다. 우리가 함께 김수연과의 새로운 시 대화를 통해 참다운 삶의 진실을 천착하며 참신한 메타포의 시어로서 형상화시키는 데 성공하고 있는 서정의 신선한 미학의 세계 속에 아늑하게 안기게 된 것을 거듭 기뻐하련다.

　김수연 시인이 앞으로 더욱 열성적으로 시어를 갈고 다듬어 나간다면 순수 서정의 시세계 형성 속에 한국 시단의 눈부신 큰 열매를 맺게 될 것이라고 감히 확언해 둔다.

홍윤기

일본 센슈대학 국문과 문학박사(시문학)

한국외대 '한국시 담당' 교수. 국제종합대학원 국학과 석좌교수(현재)

〈현대문학〉 등단(1959, 박두진 3회 추천 완료). 〈서울신문〉 신춘문예 시 '해바라기' 당선(1959).

[월탄문학상], [한국문학상], [한국문학평론가협회 문학상] 수상 외

저서. 《한국현대시 이해와 감상》, 한림출판사, 1978. 《시창작법》, 한림출판사, 1986. 《명시감상》, 예림당 1989. 《한국현대시 해설》, 한누리미디어, 2003. 《한국명시감상》, 한누리미디어, 2005.

무지갯빛으로 다가 오는 詩人

최마루
(시인)

천상의 목가적인 시인이라 지목하자면 바로 김수연 시인이 적격일 것 같다. 그는 자연의 존재를 이미 운명적으로 탐닉하고 있었는지도 모른다. 그는 언제나 돌 하나라도 생명의 가치를 존중했었고 하늘을 바라보며 자연의 이치를 동경했었다. 고등학교 1학년 때 그를 처음 만났는데 이미 그는 세상을 보는 시각이 남달랐다. 그는 시인의 유전자를 이승에 씨앗처럼 가지고 태어났는지도 모른다.

김 시인과 나는 절친한 문우였다. 그가 자전거의 앞바퀴라면 나는 뒷바퀴로써 우리의 행선지는 약속 없이도 항상 같았다.

그의 詩세계를 찬찬히 들여다보면 화사한 듯 청명

하고 계절마다 책장이 넘어가는 듯한 감격에 사로잡
힌다. 특히 평온한 오후 즈음 그의 시는 행복이 꿈틀
거리며 아스라이 넘어오는 무지갯빛으로 다가 온다.

그는 담담하게 자연의 일부분을 볼록렌즈로 묘사
하고 있다.

문득 바람 한자락 불어와 지어놓은 시심에 나비와
꿀벌들 그리고 날개 있는 모든 새들이 모여들 것만
같다.

농촌 생활 중 직업상 겪는 일상들을 매우 다각적인
표현으로 구성해놓아 누구나 고향을 잠시 생각하게
끔 한다.

폭설 / 기온 급강하 / 영하를 건너는 나무 / 한 마
리 새 / 낮은 곳 / 빈집 / 바람 / 주덕 마을에서 / 태
풍 피해 등의 수첩일기들도 시인의 마음고생이 결국
농민의 현실이고 농촌생활의 아픈 기억들을 섬세하
게 그린 것들이어서 보는 이로 하여금 새삼 고통분담
을 나누어야 겠다는 생각들로 이어지고 있다.

농촌을 사랑하며 농민과의 현실을 함께하는 김 시
인은 통찰력 있는 감성으로 우리 사회의 순결을 주문
하고 있다.

행복하고 아름다운 세상으로 탈바꿈할 수 있는 사

회구성을 소원하고 있다.

이제 그의 일상은 고운 시어가 되었다.

이 시집을 통해 시인의 고운 마음들이 새싹 돋듯이 농촌 곳곳에 희망의 꽃들로 아름답게 피어났으면 한다.